AF335811

NOTICE

DES LIVRES

D'ART, DE LITTÉRATURE & D'HISTOIRE

Provenant de la Bibliothèque de feu M. DUVAU,
Juge de Paix

DONT LA VENTE AURA LIEU

Les Lundi 10, Mardi 11 et Mercredi 12 Octobre 1887

A 1 heure précise du soir

12, Place d'Armes, à Vendôme

Par le ministère de M⁰ HYVER, Commissaire-Priseur

Recueil de factums réunis par Gueulette. — Encyclopédie de d'Alembert et Diderot. — L'Artiste. — Ouvrages illustrés du XIXᵉ siècle. — Monselet. La lorgnette littéraire, exemplaire avec nombreuses lettres autographes jointes. — Buchez et Roux. Histoire parlementaire de la Révolution. — Saint-Victor. Les femmes de Gœthe. — Sonnets et eaux fortes. — Leber. Collection des meilleures dissertations. — Pétigny. Histoire du Vendômois. — Mémoires de Bachaumont. — Le Livre. — Brunet. Manuel du libraire. — Bibliothèque elzévirienne, etc.

ORLÉANS

H. HERLUISON, LIBRAIRE

17, RUE JEANNE-D'ARC, 17

—

1887

ORDRE DES VACATIONS

1re *vacation*. — **Lundi 10 octobre**..... Nos 1 à 200

2e   —   — **Mardi 11 octobre**..... Nos 201 à 400

3e   —   — **Mercredi 12 octobre**. Nos 401 à la fin

Un *quatrième jour* de vente aura lieu le **jeudi 13 octobre,** pour divers objets mobiliers, entr'autres : un beau meuble de salon Louis XV, une magnifique pendule Louis XV avec socle, quantité de gravures encadrées et non encadrées.

Les acquéreurs paieront 10 p. 100 en sus des enchères

M. HERLUISON, libraire, remplira les commissions des personnes qui ne pourraient assister à la vente.

Vendôme. — Imp. Launay.

NOTICE

DES LIVRES

D'ART, DE LITTÉRATURE & D'HISTOIRE

Provenant de la Bibliothèque de feu M. DUVAU,
Juge de Paix

DONT LA VENTE AURA LIEU

Les Lundi 10, Mardi 11 et Mercredi 12 Octobre 1887

A 1 heure précise du soir

12, Place d'Armes, à Vendôme

Par le ministère de Me HYVER, Commissaire-Priseur

Recueil de factums réunis par Gueulette. — Encyclopédie de d'Alembert et Diderot. — L'Artiste. — Ouvrages illustrés du XIXe siècle. — Monselet. La lorgnette littéraire, exemplaire avec nombreuses lettres autographes jointes. —. Buchez et Roux. Histoire parlementaire de la Révolution. — Saint-Victor. Les femmes de Gœthe. — Sonnets et eaux fortes. — Leber. Collection des meilleures dissertations. — Pétigny. Histoire du Vendômois. — Mémoires de Bachaumont. — Le Livre. — Brunet. Manuel de librairie. — Bibliothèque elzévirienne, etc.

ORLÉANS

H. HERLUISON, LIBRAIRE

17, RUE JEANNE-D'ARC, 17

—

1887

THÉOLOGIE

1. Bible de Carrières. Toulouse, Sens, 1788, 10 vol., rel. v.

2. D'Alvin (Etienne). Tractatus de potestate episcorum abbatium, etc. Paris, Cramoisy, 1614, petit in-fol., rel. en bois, recouvert en vélin blanc estampé, 2 fermoirs (aux armes de Schaffouse, Suisse).
   L'auteur, Etienne d'Alvin, naquit en 1565 à Cormery (Indre-et-Loire).

3. Delacroix (J.-F.). Dictionnaire historique des cultes religieux, avec suppl. et gravures. Versailles, Lebel, 1820, 4 vol. in-8, cart.

4. Dom Badier. La sainteté de l'état monastique où l'on fait l'histoire de l'église royale de Saint-Martin de Tours. Tours, J. Barthe, 1700, in-12, rel. v.
   Ex libris de la bibliothèque de l'abbaye de Cormery.

5. Dulaure. Histoire abrégée des différents cultes. Paris, Guillaume, 1823, 2 vol. in-8, demi-rel. v. bl., tr. marb.

6. Dupuis. Abrégé de l'origine de tous les cultes. Paris, Lebigre, 1836, in-8, br.

7. Grégoire. Histoire des Confesseurs. Paris, Beaudouin, 1820, in-12, demi-rel.

8. Lamennais. Paroles d'un croyant. Paris, Renduel, 1834, in-8, br.

9. Lemaistre de Sacy. La Bible. Paris, Hachette, 1838, gr. in-8 à 2 colonnes.

10. Maistre (de). Lettres sur l'Inquisition espagnole. Lyon, Pélagand, 1837. — Gallois. Histoire abrégée de l'Inquisition. 1824, 2 vol. in-8, broch. et rel.

11. Morin. Fantaisies théologiques. Paris, Le Chevallier, 1861, in-8, broch.

12. Office de la Sainte-Vierge. Dédié à Mme la Dauphine. Paris, Louis Josset, 1714, in-8, mar. rouge, dentelle sur les plats, tr. dor. (anc. rel.).

13. Pascal. Les provinciales. Paris, Didot, 1853, in-8, demi-rel.

14. Peignot (Gabriel). Prédicatoriana, par G.-P. Philomneste, avec suppl. Dijon, Lagier, 1841, in-8, broch.

15. Sainte-Beuve. Port-Royal. Paris, Renduel, 1840; Hachette, 1859, 5 vol. in-8, demi-rel.

16. Sarpi (Fra Paolo). Histoire du Concile de Trente, traduction d'Amelot de la Houssaye. Amsterdam, Blaeu, 1686, in-4, rel.

17. Tabaraud. Essai historique et critique sur l'état des Jésuites en France. Paris, Pichard, 1828, in-8, demi-rel.

JURISPRUDENCE

18. Le Coustumier et stilles du bailliage et duché de Touraine. Tours, Mathieu Checcle, 1536, in-18, rel. v.

19. Desmaze (Charles). Curiosités des parlements de France d'après leurs registres. Paris, Gay, 1863, in-12. — Curiosités des anciennes justices. In-8, 2 vol. broch.

20. Estienne (Robert). Causes amusantes et connues. Berlin, 1769, in-12, rel. v.

21. Factums singuliers et curieux en 3 vol. in-fol. cart., n. rog.
Recueil factice composé d'environ 100 pièces imprimées, pour la plupart au xviiⁿ siècle. Il a fait partie et a probablement été composé par Thomas Gueulette dont il porte l'ex libris sur la garde des volumes.

22. Pothier. Coutumes du duché, bailliage et prévôté d'Orléans et ressort d'iceux. Paris, Debure, 1780, in-4, broch., n. rog.

SCIENCES ET ARTS

23. Arconville (Mme d'). De l'Amitié, suivi de l'ami de la concorde par Champlair. Paris, Desaint, 1761, in-8, fig., rel. v.

24. Agout (Mme d'). *Daniel Stern*. Pensées, réflexions et maximes. Paris, Téchener, 1859, in-8, port., demi-rel.

25. Castil-Blaze. Chapelle, musique des rois de France. Paris, Paulin, 1832, in-12, fig., broch.

26. Bouvenne (Aglaüs). Les monogrammes historiques. Paris, Jouault, 1870, petit in-8, fig., broch.

27. Bailly. Lettres sur l'Atlantide de Platon, H. — Lettres sur l'origine des sciences. Paris, Debure, 1773-1775. — Essais sur les Fables. Paris, de Bure, an vii, 3 vol. in-8, cart.

28. Burette. La Physiologie du fumeur. Illustré par Giraud. Paris, E. Bourdin, s. d., in-32, fig., broch.

29. Charron. De la Sagesse. Paris, Bastien, 1783, in-8, rel., tr. dor.

30. Chaumeton, Poiret et Chambert. Flore médicale. Paris, Pankoucke, 1828, 6 vol. in-8, demi-rel., gravures peintes à la main par Mme E. Pankoucke.

31. Diderot et d'Alembert. Encyclopédie ou dictionnaire raisonné des sciences, arts et métiers. Paris, 1751-1780, 35 vol. in-fol., v. m., nombreuses planches.

32. Diderot. Histoire générale des dogmes et opinions philosophiques. Londres, 1769, 3 vol. in-8, rel.

33. Droz. De la Philosophie morale. Paris, Renouard, 1824, in-8, broch.

34. L'École de Salerne, texte latin, traduction en vers par Meaux Saint-Marc, avec introduction par Daremberg. Paris, Baillière, 1880, in-8, broch.

35. F. Fertiault. Histoire de la danse. Paris, Aubry, 1855, in-18, broch.

36. Fizelière (de la). Histoire de la crinoline. Paris, Aubry, 1859, in-18, broch., couverture.

37. Fétis. Histoire de la musique, trad. de Stafford. — La Musique mise à la portée de tout le monde. Paris, Paulin, 1832, 2 vol. in-12, cart. et broch.

38. Holbach (d'). Le bon sens du curé Meslier. Paris, Guillaumin, 1830, in-8, broch.

39. Martin (Ernest). Histoire des monstres, depuis l'antiquité jusqu'à nos jours. Paris, Reinwald, 1880, in-8, broch.

40. Monselet (Ch.). L'almanach gourmand, 1866 à 1870. Collect. complète, 5 vol. in-18 broch.

41. Montaigne. Essais. Paris, Chassériau, 1820, 6 vol. in-8, broch.

42. Montesquieu. Œuvres. Londres, Nourse, 1772, 4 vol. in-8, demi-rel.

43. Quillet, trad. de J.-M. Caillau. La Callipédie ou l'art d'avoir de beaux enfants. In-12, broch.

44. Régnier de Graaf. L'instrument de Molière, trad. du traité de Clisteribus. Paris, 1878, in-8, fig., broch.

45. Scudo (P.). Philosophie du rire. Paris, Poirée, 1840, in-12, broch.

46. Ségur (de). Les Femmes, leur condition et leur influence dans l'ordre social. Paris, Thiériot, 1822, 4 vol. in-24, rel. v.

47. Swift. Opuscules humoristiques, trad. par Léon de Wailly, Paris, Poulet-Malassis, 1861, petit in-8, broch.

48. Toussenel. Esprit des bêtes, illustré par Bayard. Paris. Hetzel, 1868, gr. in-4, broch.

49. Zimmermann. De la solitude. Paris, Charpentier, 1845, in-18, demi-rel.

Beaux-Arts

50. Album de l'Europe, contenant des vues de l'Italie : Rome, Florence, Venise ; de l'Allemagne, de la Suisse et de la France, gr. in-fol., contenant 38 planches coloriées à l'aquarelle, demi-rel., dos et coins mar. rouge, plats percale, 2 fermoirs dorés.

51. Annales du Musée Guimet. Lyon et Paris, 1880-1882, 4 vol. in-4, livret et catalogue (Inde, Chine et Japon), 1883, in-12, broch.

52. **L'Artiste**, histoire de l'art contemporain, publié sous la direction de M. Arsène Houssaye. Paris, 1830-1857, 128 vol. in-4, dont 114 demi-rel. chag. vert, non rog., le surplus en livraisons (1880 à 1887).

> Importante publication contenant une suite nombreuse d'estampes gravées par les meilleurs artistes d'après les maîtres anciens et modernes.

53. Baschet et Feuillet de Conches. Les Femmes blondes selon les peintres de l'école de Venise. Paris, Aubry, 1865, in-8, broch.

54. Bertall. Le cahier des charges des chemins de fer. Paris, Hetzel, 1847, in-8, nombreuses fig., broch.

55. Blanc (Charles). Histoire des peintres français au XIXᵉ siècle, tome Iᵉʳ. Paris, Cauville, 1845, in-8, broch.

56. Bonaffé (Edmond). Les collectionneurs de l'ancienne France. — Physiologie du curieux. Paris, 1873-1881, 2 vol. in-8, broch.

57. Bouchitté. Le Poussin, sa vie et son œuvre. Paris, Didier, 1858, in-12, broch.

58. Champfleury. Histoire de la caricature. Paris, Dentu, 1872-1880, 5 vol. in-18, broch.

59. Chatillon (de). La Levrette en pal'tot, texte avec gravures. — A la Grand'Pinte, poésies. Paris, Poulet-Malassis, 1861, in-12, broch.

60. La Danse macabre, de Jehan Gerson, 1425. Paris, Léon Willem, gr. in-8, fig., broch.

61. Delécluze. Notice sur la vie et les ouvrages de Léopold Robert. Paris, Rittner et Goupil, 1838, gr. in-8, port. et grav., broch.

62. Estampes gravées d'après des maîtres anciens et modernes. In-fol. et in-4. Plusieurs lots.

63. Feuillet de Conches. Causeries d'un curieux. Paris, Plon, 1862-1868, 4 vol. in-8, broch.

64. Fontaney. Le Keepsake français offert à la reine Marie-Amélie. Paris, Giraldon, in-8, fig., cart.

65. Gavarni. Œuvres choisies. Paris, Hetzel, 1845-1848, 2 vol. in-4, demi rel. chag. vert.

66. Gavarni. Masques et visages. Paris, Paulin, 1857, petit in-8, fig., broch.

67. Goncourt (Edmond et Jules de). Gavarni. L'homme et l'œuvre, avec port. et fac-simile. Paris, H. Plon, 1873, in-8, broch.

68. Grandville. Scènes de la vie privée et publique des animaux (texte par divers auteurs). 1re édition, Paris, Hetzel et Paulin, 1842, 2 vol., demi rel. chag.

69. Guizot. Etudes sur les beaux-arts. Paris, Didier, 1852, in-8, broch.

70. Hetzel et Tony Johannot. Voyage où il vous plaira. Paris, Hetzel, 1843, gr. in-8, fig., demi rel.

71. Houssaye (Arsène). Histoire de la peinture flamande et hollandaise. Paris, Sartorius, 1848, 2 vol. in-8, broch.

72. Lemaitre. Lefèvre, Lingé. 80 planches gravées au trait d'après les grands maîtres, dans un carton in-4.

73. Longpérier (A. de). Choix de monuments antiques pour servir à l'histoire de l'art en Orient et en Occident. Paris, s. d., petit in-fol., avec 39 pl. en couleur, dans un carton.

74. Mengs (Raphaël). Œuvres. Amsterdam, 1781, in-8, cart.

75. Ovide. Les Métamorphoses en tableaux. Ausbourg, 1681, in-4 oblond, v. br.

76. Siret. Dictionnaire des peintres de toutes les écoles. 2e édition. Paris, Lacroix et Cie, 1866, 2 vol. in-8 à 2 col., demi rel.

77. Vues d'Angleterre, d'Ecosse et d'Irlande. London, 1817, 96 pl. gravées, en 1 vol. in-8, rel. pl. en mar. vert, tr. dor.

78. Wright (Thomas). Histoire de la caricature. 2e édition, Paris, Delahays, 1875, in-8, fig., cart.

BELLES-LETTRES

79. Adam Billaut. Œuvres, avec portr, Paris, Hubert, 1806, in-12, broch.

80. L'Amour voyageur. La Haye, 1748, in-24, rel.

81. Anacréon et Sapho. Poésies traduites par Vessier-Descombes. Texte grec et français. Paris, Duprat, 1839, gr. in-8, broch.

82. Andrieux. Contes et opuscules. Paris, Renouard, 1800. — Notice sur Andrieux. Paris, Everat, 1833, in-8, cart.
On a joint une lettre autographe d'Andrieux à M. Garnier du Bourgneuf.

83. Annales romantiques. Paris, Janet, 1836, in-18, broch.

84. Arlotto. Contes et facéties. Paris, Lemerre, 1873, 1 vol., broch.

85. Arnauld (l'abbé). Œuvres. Paris, Collin, 1808, 3 vol. in-8, broch.

86. Antologie scatologique, par un bibliophile de cabinet. Paris, Gay, 1862, gr. in-8, demi-rel., coins, tête dorée, n. rog.

87. Baïf (J.-A. de). Edition donnée par P. Blanchemain. Les Mimes. Paris, Willem, 1880, 2 vol. in-18, broch.

88. Balzac. La peau de Chagrin. Paris, Houdaille, s. d., gr. in-8, fig. sur bois, demi-rel.

89. Barante (de). Littérature française pendant le XVIIIe siècle, 1824. — Mélanges historiques et littéraires. Paris, Ladvocat, 1824-1835, 4 vol. in-8, dont 1 rel.

90. Barbazan et Méon. Fabliaux et contes des poètes français. Paris, B. Warée, 1808, 4 vol. in-8, rel. v.

91. Barbier (Auguste). Iambes. Paris, U. Canel, 1832. — Il Pianto. Paris, U. Canel, 1833, 2 vol. in-8, broch.

92. Barthélemy. Némésis. Paris, Perrotin, 1833, in-8, demi-rel.

93. Barthet (Armand). Théâtre complet. Paris, Hachette, 1861.
— La Fleur des poèmes. Paris, 1864, 2 vol. in-18, broch.

94. Beauchesne (de). Souvenirs poétiques. Paris, Delangle, 1830, in-8, broch.

Avec envoi autographe à Fontaney.

95. Béranger. Œuvres avec musique. Paris, Perrotin, 1856, 5 vol. dont 2 (chansons) rel. avec 3 suites de grav, et 3 broch.

96. Béranger. Chansons. Paris, Baudouin, 1826-1829, 5 vol. in-32, broch.

97. Béranger. Les gaietés de Béranger, chansons qui ne se trouvent pas dans ses œuvres. Villafranca, 1875, in-12, broch.

98. Béranger. Mémoires sur Béranger, par Lapointe. Paris, G. Havard, 1847. — Arnould. Béranger, ses amis, etc., 1864, 3 vol. in-8 et in-12, broch.

99. Bernard (Gentil). Œuvres. Paris, Janet et Cotelle, 1823, in-8, grav., demi-rel.

100. Bernis (de). Œuvres. Paris, Renouard, 1803, 2 vol. in-8. demi-rel.

101. Berquin. Idylles. Paris, Ruault, 1775, 2 vol. petit in-8, fig. de Marillier, v., fil., tr. dor.

102. Berthault (François). Le Bovquet historial. Paris, Cochart, 1667, in-24, rel. v.

103. Bertin. Œuvres. Paris, Didot, 1823, 2 vol. in-32, demi-rel.

104. Bibliothèque scatologique, 4 vol., broch. — L'Art de péter. En Wesphalie, chez Florent Q, rue Pet-en-Gueule, au Soufflet, 1776. — Description de six espèces de pets, ou six

raisons pour conserver sa santé. Troyes, Garnier. — Les Francs Péteurs. Caen, Poisson, 1853. — La Chésonomie, ou l'art de ch..., poème, par C. Bernard. Paris, Merlin, 1806.

105. Bibliothèque Charpentier. Vol. divers, in-12, broch.

106. Blanchemain (P). Poésies. Paris, Aubry, 1877, 5 vol. in-18, broch.

107. Blanchemain (P). Poètes et Amoureuses, portraits littéraires du XVIᵉ siècle, avec portraits. Paris, Willem, 1877, 2 vol. in-8, broch.

108. Blanchemain (P). Fanfreluches, contes et gauloiseries, par Épiphane Sidredoulx, avec gravures. Bruxelles, Gay et Doucé, 1879, petit in-8, broch.

109. Blin de Sainmore. Héroïdes ou lettres en vers. Paris, Delalain, 1774, in-8, rel. v.

110. Blin de Sinmore et Luneau de Boisgermain. Élites de poésies fugitives. Londres, 1769, 5 vol. in-18, broch.

111. Boileau-Despréaux. Œuvres. Paris, Lefebvre, 1824, 4 vol. in-8, port., demi-rel.

112. Boileau et Brossette. Correspondance publiée par Laverdet. Paris, Téchener, 1858, gr. in-8, broch.

113. Bonecorse (de). Poésies. Leide, T. Haak, 1720, in-18, demi-rel.

114. Boucher, instituteur à Lavardin. Fables nouvelles et poésies diverses. Blois, 1855, in-12, broch.

115. Bouchet (Guillaume). Les Serées. Paris, Lemerre, 1873-1882. 6 vol. in-16, broch.

116. Boufflers. Œuvres. Paris, Furne, 1827, 2 vol. in-8, port., demi-rel.

117. Boufflers. Œuvres. Londres, 1786, 2 vol. in-32, rel.

118. Bouilhet (Louis). Poésies. Paris, Bourdilliat, 1859, in-18, broch.

119. Bourdigné (Charles). La légende de maistre Pierre Faifeu, suivie des poésies de Jehan Molinet. Paris, Coustellier, 1723, in-12, rel. v., tr. dor.

120. Brachet. Dictionnaire étymologique de la langue française. Paris, Hetzel, s. d., in-12, br.

121. Brazier. Chronique des petits théâtres de Paris. Allardin, 1837, 2 vol. in-8, broch.

122. Brugière de Barante. Recueil des plus belles épigrammes des poëtes français. Paris, N. Leclerc, 1698, 2 vol. in-12, rel.

123. Brunton (John). Anthologie des quatrains anciens et modernes. Paris, Jouaust, 1877, in-18, broch.

124. Brunzen de la Martinière. Nouveau recueil des épigrammatistes français. Amsterdam, Westein, 1724, 2 vol. in-12, demi-rel.

125. Buchez et Roux. Histoire parlementaire de la Révolution française. Paris, Paulin, 1835-1838, 40 vol. in-8, broch.

126. Bussy-Rabutin. Correspondance. Ed. Lalanne. Paris, Hachette, 6 vol. in-18, broch.

127. Lord Byron. Œuvres. Trad. de B. Laroche. Paris, Charpentier, 1841, 4 vol. in-18, broch. — Ses Mémoires publiés par Moore et trad. par Mme Belloc. Paris, Mesnier, 1830, 5, vol. in-8, demi-rel. — Sa correspondance. Paris, Galignani 1825, 2 vol. in-8, cart. — Lord Byron, par un témoin de sa vie. Paris, Amyot, 1868, 2 vol. in-8, port., broch.

128. Cabinet satyrique. Ed. donnée par P. Jannet. S. l., 1864, 2 vol. in-18, pap. vergé, broch.

129. Chabanon. Œuvres de théâtre. Paris, Prault, 1790, in-8, rel. v.

130. Cahier (Le Père). Quelques six mille proverbes et aphorismes usuels. Paris, Delahays, 1858, in-18, broch.

131. Cailhava. Etudes sur Molière. Paris, Debray, 1802, in-8, rel. v.

132. Campenon. Essai de mémoires ou lettres sur Ducis. Paris, Nepveu, 1824, in-8, gr., rel. v.

133. Champfleury. Contes vieux et nouveaux. Paris, Michel Lévy, 1862. — La Gazette de Champfleury. — Balzac au collège de Vendôme, 1878, 3 vol. in-12, broch.

134. Champfort. Œuvres. Paris, an III, 4 vol. in-8, demi-rel.

135. Canonge (Jules). Poèmes et impressions poétiques. Paris, Debure, 1847, in-8, broch.

136. Chaudon (l'abbé). Les flèches d'Apollon, nouveau recueil d'épigrammes. Londres, 1787, 2 vol. cazin, cart.

137. Chaulieu et La Fare. Poésies. Paris, Froment, 1825, 2 vol., rel. v. (Bibolet).

138. Chaulieu et La Fare. Poésies avec portr. Paris, Renouard, 1803, in-18, rel.

139. Chautard (H.). Ephémères, poésies. Paris, Jouault, 1876, in-12, broch.

140. Chautard (Charles). Chansons de métiers et de village. Paris, Dentu, 1883, in-12, broch.

141. Chenevière (de). Contes normands, par Jean de Falaise, avec vig. et envoi à M. Sauvageot. Caen, Hardel, 1842, in-18, demi-rel.

142. Chevigné (comte de). Contes rémois, dessins de Meissonnier. Paris, acad. des Bibl., 1868, in-12, br., non rog.

143. Chevrier (de). Œuvres. Londres, J. Nourse, 1774, 3 vol. in-12, cart.

144. Claude (Victor). Les Grapillons, contes en vers. Paris, Arnaud et Labat, 1879, 1 vol., broch.

145. Colletet. Le dessert des Muses, suivi du Juvénal burlesque. In-24, rel.

146. Combles (de). Caquire, parodie de Zaïre, avec front. Chio, de l'imp. d'Avallon, in-8, cart.

147. Colardeau. Œuvres. Paris, Janet et Cotelle, 1825, in-8, grav., demi-rel., taché.

148. Collection Hetzel. Lévy. 5 vol. in-32, broch. — Ratisbonne. Au printemps de la vie. — Champfort. Rabelais, sa vie et son œuvre, par E. Noël. — Monselet. La cuisine poétique. Le musée secret de Paris.

149. Conart (Jean). Recueil de poésies de divers auteurs. Paris, Estienne Loyson, 1661, 2 vol. rel. en un.

150. Livet. La fameuse comédienne ou les intrigues de Molière et celles de sa femme. Paris, Liseux, 1876, in-24, broch.

151. Coppée (F.). Poésies et théâtre. Paris, Lemerre, 5 vol. in-18, broch.

152. Coppée (F.). Contes et poésies diverses. — Madame de Maintenon, drame. Paris, Lemerre, 1871, 2 vol. in-12, broch.

153. Corneille (P. et T.). Théâtre et Œuvres diverses. Paris, veuve Gandouin, 1738-1755, 11 vol. in-12, rel. v.

154. Cottin (l'abbé). Recueil d'énigmes en 3 parties. Paris, Guignard, 1661, in-24, rel.

155. Courier (P.-L.). Œuvres complètes. Paris, Sautelet, 1829, 4 vol. in-8, demi-rel.

156. Crébillon. Œuvres. Paris, Didot, 1823, 3 vol. in-18, demi-rel.

157. Creuzé de Lesser. La Table ronde, poème, 4e éd. Paris, A. Gobin, 1829, in-8, broch.

158. Cyrano de Bergerac. Le Pédant joué. Paris, de Sarcy, 1671, in-24, v.

159. D'Alembert. Mélanges de littérature, d'histoire et de philosophie. Amsterdam, Z. Chatelain, 1767, 5 vol. — Œuvres posthumes. Paris, Pougens, an VII, 2 vol., ens. 7 vol. in-8, demi-rel. et cart.

160. Debraux (Emile). Chansons. Paris, 1836, 3 vol. in-32, demi-rel.

161. Delavigne (Casimir). Messéniennes et poésies nouvelles. Paris, Ladvocat, 1824, in-18, demi-rel.

162. Désaugiers. Chansons et poésies diverses. Dulay, 1834, 4 vol. in-24, grav., broch.

163. De La Place. Recueil d'épitaphes. Bruxelles, 1782, 3 vol. in-12, rel.

64. Delamarre. Paquet d'aiguilles, poésies. Paris, Garnier, 1864, in-12, broch.

165. Delaporte (l'abbé). Le Portefeuille d'un homme de goût. Paris, Delalain, 1780, 3 vol. in-12, rel.

166. Delepierre (Octave). Histoire littéraire des fous. Londres, Trübner, 1861, in-8, demi-rel.

167. Demogeot. Histoire de la littérature française. Paris, Hachette, 1867, in-18, broch.

168. Depret (Louis). Les étapes du cœur. — Gretchen. Paris, Poulet-Malassis, 1859, in-48, broch.

169. Billons (des). Ars bene valendi, poème latin. Heidelberg, J. Wiesen, 1788, in-12, cart.

170. Deslandes. Réflexions sur les grands hommes qui sont morts en plaisantant. Rochefort, Jacques Lenoir, 1755, in-12, demi-rel., tr. dor., non rog.

171. Desbordes-Valmore (Mme), poésies, grav. de T. Johannot. Paris, Bouland, 183', 2 vol. in-8, demi-rel.

172. Deschamps (Émile). Études françaises et étrangères. Paris, 1829, Levavasseur et Canel. — Poésies. Paris, 1841, 2 vol. in-8 et in-12, broch.
   Avec hommage autographe à Fontaney.

173. Deschamps (Antoni). Dernières paroles, poésies. Paris, Ebrard, 1835. — La Divine Comédie, 2 vol. in-8, broch. et rel.

174. Desportes (Philippe). Œuvres. Paris, Delahaye, 1858, in-12, broch.

175. Diderot. Œuvres complètes. Paris, Brière, 1821, 22 vol. in-8, rel. v.

176. Diderot. Mémoires, correspondance et ouvrages inédits. Paris, Paulin, 1830, 4 vol. — Salons inédits, publiés par Walferdin dans la Revue de Paris, in-8. — Lettres inédites de Diderot à Falconnet, in-8, 5 vol. demi-rel. et 1 broch.

177. Denis (Ferdinand). Le Brahme voyageur. Paris, Sandré, s. d., in-24, broch.

178. Deshoulières (Mme et Mlle). Poésies. Paris, Villette, 1732, 2 vol. en 1 in-8, rel.

179. Desfontaines (l'abbé). Dictionnaire néologique, à l'usage des beaux esprits de ce temps. Amsterdam, Lecesne, 1728, in-48, rel.

180. Didot (Firmin). Poésies et traductions en vers. Paris, Firmin Didot, 1822, in-12, broch.

181. Dinaux (Arthur). Les Sociétés badines, bachiques, littéraires et chantantes. Paris, Bachelin, 1867, 2 vol. in-8, broch.

182. Dorat. Œuvres choisies. Paris, Janet et Cotelle, 1827, in-18, grav., demi-rel.

183. D'Orléans (Charles). Poésies publiées par Marie Guichard. Paris, Delahaye, 1857, in-12, broch.

184. Du Bellay (Joachim). Œuvres françaises. Rouen, veuve
T. Mallard, 1597, pet. in-12, parch.

185. Du Bartas. La Semaine ou création du monde. Paris,
J. Feurier, 1589. — 2° Semaine. Paris, P. L'Huillier, s. d.,
in-12 rel.

186. Ducis. Œuvres. Paris, 1826-1827, 8 vol. in-32, broch.

187. Dutilliot. Mémoire pour servir à l'histoire de la fête des
fous, avec grav. Lausanne et Genève, 1751, in-18, rel.

188. Eloge de la seringue. Rouen, Lemonnyer, 1880, pet. in-8,
broch.

189. Erasme. Éloge de la folie, trad. de Gueudeville, notes
de G. Littré et fig. d'Holbein. Amsterdam, F. L'Honoré, 1728,
in-12, rel.

190. Esmenard. La Navigation, poème. Paris, Giguet, 1806,
in-8, demi-rel.

191. Estienne (Henri). Apologie pour Hérodote, avec introduction et notes par P. Ristelhuber. 2 vol. in-8, broch.

192. Estienne (Henri). La précellence du langage françois,
publiée par Feugère. Paris, Delalain, 1850, in-8, broch.

193. Favart. Mémoires et correspondance littéraire, dramatique et anecdotique. Paris, Collin, 1808, 3 vol. in-8, cart.,
non rog.
On y a ajouté une table manuscrite.

194. Fayolle. Acanthologie ou dictionnaire épigrammatique.
Paris, 1817, in-18, demi-rel.

195. Fleury de Bellingen. Etymologie ou explications des proverbes français. La Haye, Vlacq, 1656, in-12, rel.
Avec table manuscrite ajoutée.

195 *bis*. Ferrand (Antoine). Pièces libres. Londres, Goldwin-
Harald, 1738, in-18, demi-rel., coins, tr. dor.

196. Fontenelle. Recueil des plus belles pièces des poëtes
français, depuis Villon jusqu'à Benserade. Paris, comp. des
libr., 1752, 6 vol. in-24, rel.

197. Fournel (Victor). Les contemporains de Molière. Paris,
F. Didot, 1863-1875, 3 vol. in-8, broch.

198. Fournier (Edouard). Œuvres. Paris, Dentu, 1857-1883, 10
vol. in-12, broch. — L'Esprit dans l'histoire. — Histoire du
Pont-Neuf. — Le Vieux neuf. — Histoire de la Butte des
Moulins. — L'Esprit des autres. — Souvenirs poétiques. —
Paris démoli.

199. Gatineau-Péan. Vie de Monseigneur saint Martin, de
Tours, poème du XIIIᵉ siècle. Tours, Mame, 1860, in-8,
broch.

200. Gautier (Théophile). Emaux et camées. Paris, E. Didier,
1852. — Poésies. Paris, Charpentier, 1845, 2 vol. in-18, broch.

201. Gédoyn (l'abbé). Œuvres diverses. Paris, Debure, 1745,
in-12, rel. v.

202. Génin. Récréations philologiques. Paris, Chamerot, 1856, 2 vol. in-8, demi-rel.

203. Les gens en bonnet de nuit. — Aux Nuées. — Le Palais-Royal. — Esprit anacréontique des poètes français. Paris, Lefuel, 4 vol. in-24, broch.

204. Goëthe. Le Faust, trad. H. Blaze. Paris, Charpentier, 1857, in-18, demi-rel.

205. Grimm. Mémoires par Dulay. Paris, Lerouge, 1830, 2 vol. in-8, demi-rel.

206. Grimm, Diderot, etc. Correspondance littéraire, philosophique et critique. Paris, Garnier, 1877-1882, 18 vol. gr. in-8, broch.

207. Groley. Mémoires de l'Académie de Troyes. Liège, Barnabé, 1744, in-8, rel. v.

208. Gueullette. Contes chinois. Genève, M.-M. Bousquet, 1725, 2 vol. in-24, rel.

209. Guillaume de Lorris et Jehan de Meung. Le roman de la Rose, avec traduction en vers, notes et glossaire par J. Croissandeau. Orléans, Herluison, 1878-1880, 5 vol. in-16, fig. sur bois, pap. vergé, non rog.

210. Guy de Tours, éd. donnée par P. Blanchemain. Poésies. Paris, Willem, 1879, 2 vol. in-18, broch.

211. Hemard. Les restes de la guerre d'Estampes, poésies. avec notice de Paul Pinson. Paris, Willem, 1880, in-18, broch.

212. Horace, trad. de Charles Chautard. Paris, Jouaust, 1877, 2 vol. in-12, demi-rel. mar.

213. Horace, trad. de Jules Janin. Paris, Hachette, 1860, in-16, broch.
    Avec envoi signé à Rable.

214. Horatius Flaccus. Opera cum commentor... J. Bond. Parisiis, F. Didot, petit in-12, broch., fil rouge, pap. vél.

215. Houssaye (Arsène). Le Repentir de Marion. Paris, V. Lecou, 1854. — Histoire du 41e fauteuil, 1855, 2 vol. in-8 et in-18, rel. et broch.

216. Houssaye (Arsène). Le Chien perdu et la Femme fusillée, avec grav. Paris, Dentu, 1852, 2 vol. in-8, broch.

217. Houssaye (Arsène). Confessions, port. et fac-simile. Paris, Dentu, 1885, 4 vol. in-8, broch.

218. Jacques-Jacques. Le Faut mourir, ou les Excuses inutiles. Rouen. L. Machuel, 1680, in-18, cart.

219. Jamyn (Amadis). Œuvres poétiques. Paris, Willem, 1879, 2 vol. in-18, broch.

220. Janin (Jules). Deburau, histoire du théâtre à quatre sous. Paris, Gosselin, 1832, 2 vol. in-12, broch., avec couverture en damier et vignettes.

221. Janin (Jules). La fin du monde et du neveu de Rameau. Paris, Jung-Treuttel, 1861, in-18, broch.

222. Jouin (Nicolas). Les harangues des habitants de Sarcelles. — Philotanus, etc., in-12, rel.

223. Junquières. Caquet bon-bec, la poule à ma tante, poème. Paris, Rignoux, 1824, in-32, fig., rel.

224. Labbé (Louise). Œuvres, avec glossaire, publiées par une société de gens de lettres. Lyon, Durand et Perrin, 1824, in-8, demi-rel., tr. marb.

225. Labessade (Léon de). Le droit du seigneur et la rosière de Salency. Paris, Rouveyre, 1878, in-12, broch.

226. Lachambaudie (Pierre). Fables précédées d'une lettre de Béranger. Paris, Perrotin, 1844, in-18, broch.

227. La Fontaine. Contes et nouvelles. Amsterdam, H. Desbordes, 1685, fig. de Romain de Hooge, 2 vol. en un in-12, rel.

228. La Fontaine. Œuvres. Paris, Delonchamps, 1826, gr. in-8, demi-rel.

229. Lagrange-Chancel. Les Philippiques, pub. par de Lescure. Paris, Poulet-Malassis, 1858, in-8, broch.

230. Lamartine. Premières et nouvelles méditations poétiques. Paris, Gosselin, 1832. — Mélanges poétiques et discours, 1840. — Recueillements poétiques, 1840, 4 vol. in-24. — La chute d'un ange. Paris, Gosselin, 1838, 2 vol. in-8, broch.

231. La Mesangère. Dictionnaire des proverbes français. Paris, Treuttel et Wurtz, 1823, in-18, broch.

232. Lambert-Douxfils. La danse aux aveugles et autres. Poésies du XVe siècle. Amsterdam, 1749, in-18, demi-rel., avec coins, tr. rouges.

233. La Mothe le Vayer. Hexaméron rustique. Paris, Liseux, 1875, in-18, broch.

234. La Monnoye (de). Œuvres choisies, éd. Rigoley de Juvigny. La Haye, Lever, 1770, 3 vol. in-8, demi-rel.

235. Landais (Napoléon). Dictionnaire français. Paris, 1835, 2 vol. in-4, demi-rel.

236. La Sablière. Madrigaux. Paris, Duchesne, 1758, in-32, rel., texte encadré rouge.

237. Laugier (de). Poésies diverses. Nancy, Lechesne, 1759, in-8, broch.

238. Laujon. Œuvres. Paris, Collini, 1811, 4 vol. in-8, broch.

239. Lebrun (E.). Œuvres. Paris, G. Warée, 1811, 4 vol. in-8, cart., n. rog.

On a ajouté un cinquième volume composé d'épigrammes qui ne figure point dans les éditions de ses œuvres, et une lettre autographe de Lebrun à Mme la marquise de la Valette.

240. Ledru. Cuckoldiana. Paris, Plumage, 1869, in-8, **exemplaire sur papier jaune**.

241. La Légende joyeuse (suite de). Londres, 1750, in-12, fig. et texte gravé, demi-rel.

242. Legouvé. Le mérite des femmes. Paris, Renouard, 1818, in-18, fig., cart.

243. Lemesle (Charles). Misophilantropopanutopies. Paris, Edmond Albert, 1845, in-8., broch.

244. Lemierre. Œuvres. Paris, Maugeret, 1810, 3 vol. in-8, demi-rel.

245. Le Pays. Amitiés, amours et amourettes. Amsterdam, Abraham Wolfgang, 1686, in-32, cart.

246. Leroux (P.-J.). Dictionnaire comique, satyrique, critique, burlesque, libre et proverbial. Pampelune, 1786, 2 vol. in-8, rel. v.

247. Leroux de Lincy. Recueil de chants historiques français du XIIᵉ au XVIᵉ siècle. Paris, Gosselin, 1841-1842, 2 vol. in-18, broch.

248. Leroux de Lincy. Chants historiques et populaires du temps de Charles VII et Louis XI. Paris, Aubry, 1857, pet. in-8, cart.

249. Lettres inédites de la marquise du Châtelet et lettres de Voltaire à Frédéric. Paris, Lefebvre, 1818, in-8, broch.

250. Lesage. Gil Blas illustré par Gigoux, 1ᵉʳ tirage. Paris, Paulin, 1835, in-8, demi-rel. chagr.

251. Le Livre des cent et un. Paris, Ladvocat, 1832-1834, 15 vol. in-8, demi-rel.

252. Louandre (Charles). Chefs-d'œuvre des conteurs français. Paris, Charpentier, 1874, 3 vol. in-18, broch.

253. Luce de Lancival. Œuvres. Paris, Brissot-Thivard, 1826, 2 vol. in-8, demi-rel.

254. Lubert (Mlle de). Histoire du prince Croq'étron et de la princesse Foirette. Nice, Gay et fils, 1873, in-18, broch.

255. Mabille (Victor). Les cigarettes, poésies. Paris, Dentu, s. d., in-18, broch.

256. Magnier (Léon). Fleurs des champs, poésies. Paris, Gosselin, 1810, in-8, broch.

257. Malfilâtre. Œuvres. Paris, Collin de Plancy, 1822, in-18, portr. et fig., rel.

258. Malherbe. Poésies et lettres. Paris, Blaise, 1823, 2 vol. in-8, demi-rel.

259. Mangenot (l'abbé). Poésies. Maestricht, Dufour, 1776, gr. in-8, demi-rel.

260. Maranzakiniana, avec notice de Brunet. Paris, Jouault, 1875, in-12, broch.

261. Marchand (J.-H.). L'esprit et la chose, s. l., 1767, demi-rel.

262. Marot (Clément). Œuvres. La Haye, Gosse et Méaulne, 1731, 6 vol. in-24, rel.

263. Marti. Discours sur la musique zéphirienne, avec traduction par Ledru. Paris, Willem, 1873, in-8, pap. jaune, broch.

264. Martin. Le courrier de Vaugelas. Paris, 1868-1878, 10 années reliées en 2 vol. in-4, demi-rel. Années 1886-87, publiées sous la direction de E. Johanet, en livr.

265. Martin (Nicolas). Mariska, légende madgyare. Paris, Poulet-Malassis, 1861. — France et Allemagne, 1852, 2 vol. in-8, broch.

266. Maurice (Charles). Histoire anecdotique du théâtre. — Épaves. Paris, Plon, 1856-1865, 2 vol. in-8, broch.

267. Maynard et Tessier. En avant, poésies. Paris, Ebrard, 1835, in-8, broch.

268. Ménage (Gilles). Œuvres latines et françaises. Paris, Lepetit, 1680, in-18, rel.

269. Margon (de) et autres. Mémoires pour servir à l'histoire de la Calotte. Moropolis, 1735, 4 parties en 1 vol. in-24, rel.

270. Meray (de). Les femmes, lettres du chevalier de K*** et réponses par la marquise de M***. La Haye, 1754, in-12, rel., v.

271. Mercier de Compiègne. Eloge du Pet. Paris, Favre, an VII, demi-rel. — Éloge du sein des femmes. Paris, Barraud, 1873, in-8, broch.

272. Mercier. Mon bonnet de nuit. Amsterdam, 1784, 2 vol. in-18, demi-rel.

273. Mérimée. Lettres à une inconnue. Paris, Michel Levy, 1874, 2 vol. in-8, broch.

274. Mercy (comte de). Histoire générale des proverbes. Paris, Delonchampt, 1828, 3 vol. in-8, broch.

275. Millevoye. Œuvres, édition de Pongerville, vignettes de Tony Johannot. Paris, Furne, 1833, 2 vol in-8, fig., cart. en un, n. rog.

276. Mirabeau. Erotika Biblion. Paris, Girodet frères, 1823, in-8, demi-rel.

277. Mistanguet (Les plaisantes idées du sieur). Genève, Gay et fils, 1867, in-18, broch.

278. Molière. Œuvres, notes de A. Martin. Paris, Léfèbvre, 1845, 4 vol in-18, broch.

279. Moliériste (Le). Paris, Tresse (1879 à 1887), 8 vol. in-8, broch.

280. Monselet. La lorgnette littéraire. Pincebourde, 1870, 2 vol. in-8, demi-rel., coins.
On a joint 147 autographes des principaux auteurs cités.

281. Monselet. Les oubliés et les dédaignés. 1861, 2 vol. — Poésies, Dentu, 1880.

282. Montesquieu. Le temple de Gnide, suivi d'Arsace et d'Isménie. Paris, Didot l'aîné, 1796, in-18, broch.

283. Montesquieu. Lettres persannes. Paris, Pourrat, 1832, in-8, cart.

284. Montreuil (Mathieu de). Œuvres. Paris, Thomas Joly, 1671, in-18, portr. rel.

285. Morlini. Contes et nouvelles, trad. en français par W***. Naples, Fiorentini, 1878, in-18, broch.

286. Mouton (E.). Nouvelles et fantaisies humoristiques, 1re et 2me séries. Paris, 1872-1876, 2 vol. in-8 carré, couv. parch.

287. Moisant de Brieux. Origines de quelques coutumes anciennes et de plusieurs façons de parler triviales. Caen, Legost Clérisse, 1874, 2 vol. in-12, broch.

288. Murger (Henri). Les nuits d'hiver, poésies. Paris, Michel Lévy, 1861. — La vie de bohême, pièce. 2 vol. broch.

289. Muses en belle humeur (Les) ou élite de poésies libres. Rome, 1779, in-24, rel. v.

290. Musset (A. de). Un spectacle dans un fauteuil. Paris, Renduel, 1833, in-8, demi-rel. chag.

291. Musset (A. de). Mimi pinson, profil de grisette.— Nicolas Martin. L'écrin d'Ariel. Paris, E. Didier, 1853, 2 vol. in-18, broch.

292. Nadar et Bataille. La grande symphonie héroïque des punaises. Paris, 1877, in-12, broch.

293. Nisard (Charles). Curiosités de l'étymologie. Paris, Hachette, 1863, in-12, demi-rel.

294. Nisard (Charles). Les chansons populaires chez les anciens et chez les Francs. Paris, Dentu, 1867, 2 vol. in-8, broch.

295. Nodier (Charles). Histoire du roi de Bohême et de ses sept châteaux, avec gravures. Paris, Delangle, 1830, in-8, demi-rel.

296. Nodier (Charles). Souvenirs de la révolution et de l'empire. 2 vol. — Souvenirs de jeunesse. Mlle de Marsan. 1 vol. — Nouvelles. 1 vol. — Contes fantastiques. 1 vol. — Romans. 1 vol. — Contes de la veillée. 1 vol. Paris, Charpentier, 7 vol. in-18, demi-rel.

297. Noël. Eratopaegnion, sive priapeia veterum et recentiorum. Paris, Patris, 1798, pet. in-8, cart.

298. Noels (La grande bible des). Orléans, Perdoux, 1784, in-12, demi-rel.

299. Nogaret (Félix). Contes en vers. Paris, Vve Galetti, an VI, 2 vol. in-8, broch.

300. Nogaret, Theis et Bretin. Le fond du sac, contes en vers. Paris, Lemonnier, 1879, 2 vol. in-18, broch.

301. Noriac (Jules). Le 101e régiment, illustré. Paris, Bourdilliat, 1861, in-12 carré, broch.

302. Nouveau recueil de poésies héroïques et gaillardes de ce temps. S. l. 1622, rel. v.

303. Opuscules, publiées par Suard et Bourlet de Vauxelles. Paris, Chevet, 1796, in-12, demi-rel.

304. Ossian, poésies galliques, trad. de Baour-Lormian. Paris, Giguet, 1809, in-12, gr. et musique, demi-rel.

305. L'Orphelin normand, par Charpentier. Paris, des Ventes de la Doué, 1768-1769, 4 vol. in-12, front., rel. v.

306. Pailleron (Edouard). Le théâtre chez Madame. Paris, Calmann Lévy, 1881, in-16 carré, broch.

307. Palaprat. Recueil de pièces en vers adressées au duc de Vendôme. Paris, P. Ribou, 1711, in-12, rel. v.

308. Palissot. La Donciade, poème. Paris, Lepetit, an VIII, in-24.

309. Panckouke. L'art de désopiler la rate. Sive de modo ca... prudentes, en prenant chaque feuillet pour se t..... le d..... Gallipoli de Calabre, 1758, in-12, v. t. dor. — Merdiana, en tous lieux. 1870, gr. in-8, broch.

310. Parnasse satyrique du XIXe siècle. Vienne et Oxford, 1868-1878, 2 vol. avec gr. et fac-simile, broch.

311. Parny. Le portefeuille volé, contenant le paradis perdu. — Les déguisements de Vénus. — Les galanteries de la Bible. — La guerre des dieux. Paris, Debray, 1805-1807, 2 vol. in-12, broch.

312. Pasquier. Œuvres. Amsterdam, 1723, 2 vol. in-fol. rel.

313. Peignot (G.). Amusements philologiques. Dijon, Lagier, 1824, in-8, demi-rel.

314. Pelletan (Eugène). La lampe éteinte et Tribaldo (c'est une autobiographie). Paris, Gosselin, 1840. — La Famille, la mère. Paris, Pagnerre, 1865, 3 vol. in-8, broch.

315. Perreau (Adolphe). Alfred de Musset, l'homme et le poète. Paris, Poulet-Malassis, 1861, in-18, broch.

316. Perrault. Contes, édités par A. Lefèbvre. Paris, Lemerre, 1875, in-8, cart.

317. Pellisson. Œuvres diverses. Paris, Didot, 1735, 3 vol. in-18, portr., rel.

318. Pétigny (J. de). Origine du mot cocu. Blois, 1885, in-16, broch.

> On y a ajouté une chanson manuscrite concernant l'hôtel de ville de Vendôme.

319. Petit-Senn (J.). Bluettes et boutades. Paris, Cherbuliez, 1851, in-18, broch., pap. rose.

320. Peysonel. L'anti-radoteur ou le petit philosophe moderne. Londres. Emsley, 1785, in-24, rel. v., tr. dor.

321. Pezay (Mis de). Œuvres érotiques et morales. Paris, Gilet, 1809, 2 vol. in-24, cart.

322. Philandre. La fameuse compagnie de la lésine ou alesne, c'est à dire la manière d'épargner, acquérir ou conserver. Paris, Rolet-Boutonne, 1618, in-32, parch.

323. Philologie, 2 vol. in-12. — Nisard. De quelques parisianismes populaires et autres locutions non encore expliquées. Paris, 1876. — Quicherat. De la formation française des noms de lieux. 1867.

324. Piis. Œuvres. Paris, Brasseur aîné, 1811, 4 vol. in-8, broch.

325. Piftau et Goujon. Histoire du théâtre en France. Paris, Willem, 1879, 1 vol. in-18, broch.

326. Piédagnel (Alexandre). Avril, poésies. Paris, Liseux, 1877, in-12 front. gravé, broch.

327. Piron. Recueil de nouvelles poésies galantes et critiques. Londres, 1740, 2 part. en 1 vol. in-12, v.

328. Pluchon-Destouches. Le petit neveu de Bocace, contes nouveaux en vers. Amsterdam (Montargis), 1787, 3 tomes en 1 vol. in-8, demi-rel. et coins cuir de Russie, n. rog.
Exemplaire imprimé sur papier rose.

329. Pœllnitz (Ch.-L. de). Amusements des eaux de Spa. Amsterdam, Pierre Mortier, 1752, 4 vol. in-24, fig., rel.

330. Pogge. Les facéties, texte latin avec trad. Paris, Liseux, 1878, 2 vol. in-18, pap. vergé.

331. Polonius (Jean). Poésies. Paris, André, 1827, in-8, broch.

332. Ponsard. Lucrèce, tragédie. Paris, Furne, 1843. — Augier. La ciguë, tragédie. Paris, Favre, 1844. — Legouvé. Médée, tragédie. Paris, 1857, 3 broch., petit in-8.

333. Pot-pourri, contenant la henriade travestie, la pipe cassée et autres poésies diverses. 1 vol. in-32 cazin, demi-rel.

334. Poésies et chansons auxerroises. Auxerre, G. Rouillé, 1882, in-18, broch.

335. Pradon. Œuvres. Paris, P. Ribou, 1700, in-18, rel., v. plein, dent. intérieure, t. dor.

336. Quicherat et Daveluy. Dictionnaire latin-français. Paris, Hachette, 1854, in-4, couv. toile.

337. Quinet (Edgar). Œuvres. Paris, Pagnerre, 1857. — Chassin. Edgar Quinet, sa vie et son œuvre. Paris, Pagnerre, 1869, 11 vol. in-18, broch.

338. Quitard. Dictionnaire étymologique, historique et anecdoctique des proverbes. Paris, Bertrand, 1842. — Etudes sur les proverbes français. — Paris, Téchener, 1860. — Proverbes

sur les femmes, l'amitié, l'amour et le mariage. 1861, 3 vol.
rel. et broch.

339. Rabelais. Œuvres. Paris, Louis Janet, 1823, 3 vol. in-8,
demi-rel. — Les héros de Rabelais et Rabelais à Fontenay-
le-Comte. 2 br. par Audiger.

340. Rabelais. Analyse ou explication de 76 fig. gravées pour
les œuvres de Rabelais par Francisque Michel. Paris, Barba,
1830, in-8, broch.

341. Rabelais. Les songes drolatiques de Pantagruel, par P.
Lacroix. Genève, J. Gay et fils, 1863, in-8, broch.

342. Rabelais. Les songes drolatiques de Pantagruel par le
grand Jacques (Gabriel Richard). Paris, 1869, in-8, broch.

343. Racine. Œuvres. Paris, Cavalier, 1750, 3 vol. in-18, demi-
rel.

344 Rathery et Boutron. Mlle de Scudérie, sa vie et sa correspondance, avec un choix de ses poésies. Paris, Léon
Téchener, 1873, in-8, broch.

345. Régnier-Desmarais. Poésies, Amsterdam, 1753, 2 vol.
in-24, rel. v.

346. Régnier-Destourbes. Louisa ou les douleurs d'une fille
de joie. Paris, Delangle, 1830, in-18, demi-rel.

347. Le répertoire anecdotique. Paris, l'auteur, 1797, 2 vol.
in-12, broch.

348. Richepin. La chanson des gueux avec port., éd. défini-
tive avec les pièces supprimées par la censure. Paris,
Dreyfous, 1881 ; Bruxelles, Kistemæckers, 1881, 1 vol. broch.
et une brochure.

349. Rigollot. Frédéric II philosophe. Paris, Thorin, 1875,
in-8, broch.

350. Rivaudeau (André de). Œuvres poétiques publiées par
Mourain de Sourdeval. Paris, Aubry, 1859, in-8, demi-rel.
tête dor., n. rog.
   Exemplaire sur papier chamois.

351. Robbé de Beauveset. Œuvres badines. 4 gr. Bruxelles,
Gay, 1883. — Lettres inédites publiées par G. d'Heilly,
1875, 2 vol. in-12, broch.

352. Robbé de Beauveset. Odes nouvelles. Paris, Prault,
1749. — Mon odyssée, poésie. La Haye, 1760, avec gr. de
Desfriches. — Satyre au comte de ***. (Durollet), 1776. —
Épitre à mon perruquier (manuscrit). — La France libre,
poème. Paris, Prault, 1791, 1 vol. in-8, cart. et 1 broch.

353. Roger (de l'Acad. française). Œuvres diverses publiées
par C. Nodier, avec autographe. Paris, Fournier, 1835, 2 vol.
in-8, demi-rel.

354. Roger. Bibliothèque historique, monumentale, ecclésias-
tique et littéraire. Amiens, Duval, 1844, gr. in-8, broch.

355. Ronsard. Œuvres inédites, publiées par Prosper Blanchemain. Paris, Aubry, 1855, in-18, cart.

356. Ronsard. Le livre de folastries à Janot parisien. Paris,
J. Gay, 1862, in-16 broch., n° 77, avec un suppl. manuscrit.

357. Ronsard. Les Gayetez et épigrammes, depuis l'édition de
Turin. 1573, in-16, broch.
   Supplément aux œuvres de Ronsard, publiées dans la bibli. elzévirienne.

358. Rousseau (J.-B.). Œuvres. Paris, Didot, 1753, 4 vol. in-8,
rel.

359. Rousseau (J.-J.). Œuvres complètes. Paris, A. Aubry,
1832, 20 vol. in-8, demi-rel.

360. Saint-Aguet. Les perce-neige, poésies. Vendôme, 1835,
in-8, broch.

361. Saint-Evremont. Œuvres. Londres, J. Poinson, 1706,
5 vol. in-12, rel.

362. Saint-Foix. Œuvres. Paris, veuve Duchesne, 1778, 6 vol.
in-8, port. et grav. demi-rel.

363. Saint-Gilles (le chevalier de). La muse mousquetaire,
suivie des pensées facétieuses du fameux Bruscambille.
Paris, G. de Luynes, 1709, in-12, rel. v.

364. Saint-Lambert. Les saisons. Paris, Janet et Cotelle, 1823,
gr. in-8, grav. en 2 états, rel.

365. Saint-Pavin. Recueil complet de ses poésies, publiées
par Paulin-Paris. Paris, Téchener, 1861, in-8, broch.

366. Saint-Victor (Paul de). Les femmes de Goëthe, dessins de
W. de Kaulbach. Bruxelles, Lebègue, 1872, gr. in-fol., avec
18 pl. gravées sur acier, cart. n. rog.

367. Sainte-Beuve. Les consolations. Sans titre, in-24, demi-
rel. t. dor. — Poésies. 1ʳᵉ partie. Paris, Poulet-Malassis,
1861.

368. Sallengre. Eloge de l'ivresse. La Haye, Moetjens, 1729,
in-12, grav., rel. v.

369. Sarazin (François). Poésies, éd. par O. Uzanne, port.,
front., vign. Paris, Jouaust, 1877, pet. in-8, broch.

370. Sauvigny. Les amours de Pierre Lelong et de Blanche
Bazu, suivi du petit Jehan de Saintré. Paris, Ducorroy, an
IV, in-18, demi-rel.

371. Scarron. Œuvres. Paris, Bastien, 1786, 7 vol. in-8, rel.

372. Sermon pour la consolation des cocus, suivi du cocu
consolateur et de la dame fidèle. Rouane, Dominique Vendu,
1833. — Le R. P. Cornutus à tous les cocus, suivi de contes
en vers, 2 vol.
   Le second est sur papier jaune.

373. Sévigné (Mme de). Lettres, édition Grouvelle. Paris,
Belin, 1812, 12 vol. in-18, rel.

374. Sonnets et eaux fortes. Paris, Lemerre, 1869, in-fol. pap.
vergé, avec 42 eaux fortes par Nanteuil, Flameng, Daubigny,
Hédouin, Bracquemond, Boilvin et autres, broch., n. rog.

375. Sorel (Charles). Histoire de Francion. Leyde, Brumond,
1721, 2 vol. in-12, fig., rel.

376. Soulary (Joséphin). Œuvres poétiques. Paris, Lemerre,
1872-1883, 3 vol. in-18, port., demi-rel., 1 broch.

377. Soumet (Alexandre). La divine épopée. Paris, Delloye,
1841, in-18, broch.

378. Stenay (V.-C. de). Le soleil prophétique d'un français.
Vendôme, Collin-Latterte, 1873, in-18, broch.

379. Sue (Eugène). Atar-Gull. Paris, Vimont, 1831, vig. de
Monnier. — Plick et Plock. Renduel, 1831. — La Sala-
mandre. Renduel, 1832, 4 vol. in-8, vig. de T. Johannot,
demi-rel.

380. Surville (Clotilde de). Poésies, publiées par Vanderbourg
et Ch. Nodier. Paris, Neveu, 1804, 2 vol. in-8, pap. bleu,
cart.

381. Talbert (F.). Le dialecte Blaisois. Paris, Thorin, 1874,
in-8, broch.

382. Tabourot. Bigarrures du seigneur des Accords, avec les
apophthègmes du seigneur Gaulard et les esgraignes dijon-
noises. Bruxelles, Mertens, 1866, 3 vol, in-18, demi-rel. n.
rog.

383. Tarry (Auguste). Mélancolies, poésies. Paris, A. Philippe,
1838, in-8, broch.

384. Taschereau (Jules). Histoire de la vie et des ouvrages de
Molière et de Corneille. Paris, Brissot-Thivars, 1828-1829,
2 vol. in-8, dont un broch. et 1 rel. (Simier).

385. Taschereau (Jules). Histoire de la vie et des ouvrages de
Molière. Paris, Hetzel, 1844, in-18, grav., broch.

386. Tastet (Tyrtée). Histoire des quarante fauteuils. Paris,
Lacroix-Comon, 1855, 4 vol. in-8, broch.

387. Tastu (Mme Amable). Poésies nouvelles. Paris, Denain,
1835, in-18, front. et grav., broch.

388. Théâtre burlesque. Paris, Langlois, 1840, 2 vol. in-24,
broch.

389. Théâtre de campagne, contenant la mort de Bucéphale. —
L'eunuque. Agathe ou la chaste princesse. — Les deux bis-
cuits. — Sirop au cul ou l'heureuse délivrance. — Le pot de
chambre cassé. — Madame Engueule. — Nugopolis et Paris,
Vve Duchesne, 1767, in-8, rel.

390. Thibault IV, comte de Champagne. Chansons, publiées
par Tarbé. Reims, 1851, in-8, broch.

391. Thompson. Les saisons, trad. de Mme Bontemps, grav.
d'Eisen, texte encadré et culs de lampe. Paris, Pissot, 1779,
in-8. rel. v.

392. Titon du Tillet. Descriptions du parnasse français. Paris, Ribou, 1727, in-8, v.

393. Tuet (l'abbé). Matinées sénomoises ou proverbes francais. Paris et Sens, 1789, in-8, demi-rel.

394. Uzanne (Octave). Le bric à brac de l'amour. Paris, Rouveyre, 1879, in-8, front. grav. et couverture, broch.

395. Vadé. Œuvres. Londres, 1785, 6 vol. in-18, broch.

396. Vallès (Jules). Les Réfractaires. Paris, Faure, 1868, in-12, broch.

397. Veynani, Jannet et Payen. Bibliotheca scatologica ou catalogue raisonné des livres traitant des vertus, faits et gestes de très noble et très ingénieux messire Luc à rebours, etc. Scatopolis, chez les Mmes d'Aniterges, 1850, in-8, demi-rel. coins et t. dor., n. rog., n° 42.

398. Vergier. Œuvres. Londres, 1780, 3 vol. cazin, demi-rel. t. dor.

399. Le voyageur sentimental ou ma promenade à Yverdun, Londres, 1786, in-24, rel. v.

400. Vieux noëls avec la musique. Nantes, Libaros, 1876, 3 vol. in-18, broch.

401. Vigny (Alfred de). Cinq-Mars. Paris, U. Canel, 1826, 2 vol. — Poèmes. Paris, Gosselin, 1829. — Stello. Paris, Ch. Gosselin, 1832. — Chatterton. Paris, H. Souverain, 1835, front. de E. May et envoi signé. — Servitude et grandeur militaires. Paris, F. Bonnaire, 1835, 7 vol. in-8, demi-rel.

402. Vigneul-Marville (de). Mélanges d'histoire et de littérature, revus par l'abbé Banier. Paris, Claude Prudhomme, 1725, 3 vol. in-12, v.

403. Villette (marquis de). Œuvres. Londres, 1784, in-12, v. tr. dor.

404. Villiers du Terrage (de). Les loisirs d'un ancien magistrat. Paris, Dufart, 1834, in-8, grav. de T. Johannot, demi-rel.

405. Virgile. Œuvres. trad. de l'abbé Desfontaines. Amsterdam, 1775, 2 vol. pet. in-8, v.

406. Voiture. Œuvres, publiées par Ubicini. Paris, Charpentier, 1855, 2 vol. in-18, demi-rel.

407. Volney. Œuvres choisies. Paris, Beaudouin, 1827, 5 vol. in-32, port., rel. en 1.

408. Voltaire. Le dîner du comte de Boulainvilliers. Paris, Liseux, 1880, in-12, broch.

409. Voltaire. Le sottisier de Voltaire, publié par Léouzon-Leduc. Paris, Jouaust, 1880, in-8, broch.

410. **Voltaire. Œuvres complètes. Paris, Beaudouin, 1828, 75 vol. in-8, broch.**
Avec 145 gravures renfermées dans un carton

411. Walckenaer. Histoire de la vie et des ouvrages de Lafontaine. Paris, Nepveu, 1820, in-8, port. et fac-simile, rel. (Simier).

412. Waughans. Frère Jean. — Du neuf et du vieux. — Contes et mélanges. Bruxelles, Blanche, 1873, in-12, broch.

HISTOIRE

413. Album poitevin. Poitiers, Saurin, 1837, in-8, demi-rel.

414. L'art de vérifier les dates de la Révolution. Paris, Rondonneau, an XII, in-8, broch.

415. Augeard (J.-M.). Mémoires, publiées par E. Bavoux. Paris, Plon, 1866, in-8, broch.

416. Barbier. Chroniques de la régence et du règne de Louis XV ou journal de Barbier. Paris, Charpentier, 1857, 8 vol. in-18, demi-rel. avec coins.

417. Barthélemy. Erreurs et mensonges historiques. Paris, Blériot, 1879-1882. 15 vol. in-12, broch.

418. Barthemy (J.-J.). Voyage d'Anacharsis en Grèce. Paris, Debure, 1790, 7 vol. in-8, rel. v. et 1 atlas in-4, id.

419. Batailles et combats. Album gr. in-fol., contenant 100 pl. historiques, anciennes et modernes (Une grande partie est gravée d'après les tableaux du musée de Versailles). Demi-rel. dos et coins mar. rouge.
    Provient du cabinet de Menou.

420. Beauvais de St-Paul (de). Histoire de Mondoubleau. Vendôme, Henrion, 1842, in-8, broch.

421. Bergevin et Dupré. Histoire de Blois. Blois, E. Dezairs, 1846, 2 vol. in-8, broch.

422. Blanc (Louis). Histoire de dix ans. Paris, Pagnerre, 1844. 5 vol. in-8, grav. broch.

423. Bonhomme (Honoré). Grandes dames et pécheresses, études d'histoire et de mœurs au XVIIIᵉ siècle. Paris, Charavay, 1883, in-18, broch.

424. Bourassé. Histoire de Cormery. Tours, Guilland-Verger, 1861, in-8, demi-rel.

425. Brosses (le président de). Lettres familières, écrites d'Italie. Paris, Poulet-Malassis, 1858, 2 vol. pet. in-8, broch.

426. Buonarotti. Histoire de la conspiration de Babœuf. Paris, Charavay, 1850, in-24, broch.

427. Castille (Hippolyte). Histoire de la seconde république. Paris, V. Lecou, 1854, 4 vol. in-8, broch.

428. Chalmel. Histoire de Touraine. Tours, Mame et Moizy, 1828, 4 vol. in-8, broch.

429. Charles (l'abbé) Saint-Guingalois, ses reliques, son culte et son prieuré à Château-du-Loir. Mamers et le Mans, Fleury et Pellechat, 1879, in-8, broch.
     Lettre autographe jointe.

430. Chevalier (l'abbé) Promenades pittoresques en Touraine. Tours, Mame, 1869, in-4. nomb. grav., broch.

431. Clairambault et Maurepas. Chansonnier historique du XVIII° siècle par Baunié. Paris, Quantin, 1879-1884, 10 vol. ornés chacun de 5 port. à l'eau forte, broch.

432. Congrès scientifique de France, sessions de Tours, Vendôme, Angers. Paris, Derache, 1848-1874, 4 vol. in-8, broch.

433. Cougny (de). Excursion en Poitou et en Touraine. Caen, Leblanc-Hardel, 1870, in-8, broch.

434. D'Agoult (Mme). *Daniel Stern.* Histoire de la révolution de 1848. Paris, Landré, 1850, 2 vol. in-8, broch.

435. D'Alteimheym (Mme). Les fauteuils illustres. Paris, Ducrocq, 1860, in-8, broch.

436. D'Epinay (Mme). Mémoires et correspondance. Paris, Volant, 1818, 3 vol. — Musset-Pathay. Anecdotes inédites pour faire suite aux mémoires de Mme d'Epinay. 1 vol. Ens. 4 vol. in-8, demi-rel.

437. Doinel. Blanche de Castille. Tours, Mame, 1873, in-8, grav., broch.

438. Dorville (Constant). Histoire des différents peuples du monde. Paris, Hérisson, 1770, 6 vol. in-8, rel.

439. Dugas de Bois Saint-Just. Paris, Versailles, et les provinces au XVIII° siècle. Paris, Nicolle, 1809, 2 vol. in-8, cart.
     Avec des tables manuscrites ajoutées.

440. Dulaure. Esquisses historiques des principaux événements de la Révolution française. Paris, Beaudouin, 1823, 6 vol. in-8, fig. demi-rel. n. rog.

441. Dulaure. Histoire de Paris avec atlas et gravures. Paris, Guillaume, 1823, 10 vol. in-8, demi-rel., n. rog.

442. Dulaure. Histoire des environs de Paris. Paris, Guillaume et Ponthieu, 1825, 8 vol. in-8, grav., demi-rel., n. rog.

443. Dumont d'Urville. Voyage autour du monde. Paris, Tenré, 1834, 2 vol. gr. in-8., nombr. grav., demi-rel. dos. et coins.

444. Dupaty. Lettres sur l'Italie. Paris, Garnery, 1828, 3 vol. in-18, broch.

445. Dupuy. Histoire des plus illustres favoris. Leyde, Jean Elzevier, 1682, in-12, v.

446. Duruy (Victor). Histoire romaine. Paris, Hachette, 1850, in-12, broch.

447. Esquiros (Alphonse). Histoire des Montagnards. Paris, V. Lecou, 1847, 2 vol. in-8, broch.

448. Exposition de Paris de 1878 (l'). Paris, 1878, in-fol., demi-rel., chag. rouge.

449. Fayot (Frédéric). Histoire de la révolution de 1830. Paris, A. Hocquart, 1830, 4 vol. in-24, broch.

450. Gabourd (Amédée). Histoire contemporaine. Paris, Firmin Didot, 1874, 12 vol. in-8, broch.

451. Garat. Mémoires sur la Révolution. Paris, Smits, an III, in-8, broch.

452. Gallois (Léonard). Histoire de la révolution de 1848. Paris, Naud et Chalvet, 1850-52, 5 vol. gr. in-8, port, dont 4 demi-rel. et 1 broch.

453. Gaudron (l'abbé). Essai historique sur le diocèse de Blois, avec plans. Blois, J. Marchand, 1870, in-8. broch.

454. Gindre de Mancy. Dictionnaire des communes de France et des colonies. Paris, Garnier, s. d., in-8, cart.

455. Guillevin. Voyage dans l'intérieur du Dahomey. Paris, A. Bertrand, s. d., in-8, broch.

456. Hamel (Ernest). Histoire de St-Just. Paris, Poulet-Malassis, 1859, in-8, broch.

457. Hat (Ernest). Histoire de Loches. Tours, Mazereau, s. d.

458. Henri IV. Lettres inédites, publiées par A. Galitzin. Paris, Téchener, 1860, in-8, demi-rel., chag. bleu avec coins, tr. dor. n. rog.

459. Hugo (Abel). Histoire de Napoléon. Paris, Perrotin, 1833, in-8, vig. de Charlet, demi-rel., texte encadré.

460. Imbert, la chronique scandaleuse, publiée par O. Uzanne. Paris, Quantin, 1879, gr. in-8, grav., broch., pap. holl.

461. Johanneau (Éloi). Tirage à part de ses divers opuscules. In-8.

462. Joinville. Mémoires publiés par Francisque Michel. Paris, Firmin Didot, 1858, in-12, demi-rel.

463. La Bédoyère. Journal d'un voyage en Savoie et dans le Midi de la France. Paris, Crapelet, 1849, in-8, grav. demi-rel., pap. f.

464. Las-Cases. Mémorial de Ste-Hélène. Paris, E. Bourdin, 1842, 2 vol. in-8, fig. de Charlet, demi-rel.

465. Launay (G.). Dolmens, pierres levées et polissoirs du Vendomois, planches et envoi aut. signé. Imprimerie impériale, 1869, broch. in-8.

466. **Leber.** Collection de pièces relatives à l'histoire de France. Paris, Dentu, 1838, 20 vol. in-8, cart.

467. Legrand d'Aussy. Histoire de la vie privée des Français. Paris, Simonnet, 1815, 3 vol. in-8, rel.

468. Leroy (J. A.). Curiosités historiques sur Louis XIII, Louis XV, Mad. de Maintenon, Mad. de Pompadour, Mad. du Barry. Paris, H. Plon, 1864, in-8, demi-rel. t. dor.

469. Longuerue (l'abbé de). Recueil de pièces intéressantes pour servir à l'histoire de France. Genève, 1769, in-8, v.

470. Loret (Jean). La muze historique, publiée par Ravenel et de la Pelouze et continuée par Livet. Paris, Jannet 1857, Daffis 1878, 3 vol. gr. in-8, cart. et 1 broch.

471. Loret (Les continuateurs de). Lettres en vers recueillies et publiées par James de Rothschild avec une notice sur ce dernier. Paris, Morgand et Fatout, 1881-1883, 2 vol. gr. in-8, broch.

472. Louis XVIII. Relation d'un voyage à Bruxelles et à Coblentz. Paris, Beaudouin, 1823, in-24, cart.

473. Luchet (de). Paris en miniature. Amsterdam, 1784, in-18, broch.

474. Luzarche (V.). Lettres historiques des archives communales de Tours, de Charles VI à Henri IV. Tours, Mame, 1861, in-4, pap. chamois, broch.

475. Mabille. (E.). Notice sur les divisions territoriales et la topographie de l'ancienne province de Touraine. Paris, Henaux, 1866, in-8, broch.

476. Malte-Brun. Géographie universelle. Paris, Barba, s. d., 3 vol. in-4, 2 col., fig. et cartes, demi-rel.

477. Malte-Brun. Montlhéry, son château et ses seigneurs. Paris, Aubry, 1870, in-8, broch.

478. M'Mahon. Chroniques de Touraine. Paris, Dumoulin, 1847, in-12. — La collégiale de Saint-Martin de Tours, par Nobilleau. Tours, 1869, in-8, broch.

479. Marais (Mathieu). Journal et mémoires, édités par de Lescure. Paris, Didot, 1863-1868, 4 vol. in-8, broch.

480. Maude (de). Armorial du Vendômois. Paris, Bachelin, 1867, broch., in-8.

481. Mars (Dom Noel) Histoire de Saint-Laumer de Blois, publiée par A. Dupré. Blois, Marchand, 1869, gr. in-8, broch.

482. Mercure de France (Esprit du). Paris, Barba, 1810, 3 vol. in-8, demi-rel.

483. Michiels (Alfred). Étude sur l'Allemagne. Paris, V. Didron, 1850. 2 vol. in-8, broch.

484. Michiels (Alfred). Histoire des idées littéraires en France. Bruxelles, 1848, 2 vol. in-8, broch.

485. Morhofi. Polyhistor litterarius. Lubecœ, Bockmanni, 1695, in-4, rel.

486. Nauroy (Charles). Les secrets des Bourbons. — Les

derniers Bourbons. Paris, Charavay, 1882-1883, 2 vol. in-18, broch.

487. Néel. Voyage de Paris à Saint-Cloud par mer et retour par terre. Paris, Maillet, 1865, in-18, broch., pap. v.

488. Nicaise (Auguste). Études historiques sur Blanche de Castille, les papes et l'églises aux croisades, les Templiers. Paris, Aubry, 1858, broch.

489. Noel et Carpentier. Dictionnaire des origines. Paris, Janet et Cotelle, 1827, 2 vol. in-8, demi-rel.

490. Palatine (Mad. la princesse). Correspondance, édition G. Brunet. Paris, Charpentier, s. d., 2 vol. in-18, broch.

491. Patria. La France ancienne et moderne. Paris, Dubochet, 1847, 2 vol. in-8, cart.

492. **Pétigny** (de). Histoire archéologique du Vendômois, dessins et plans de monuments par M. G. Launay. Vendôme, Henrion, 1849, in-4, nomb. planches, en livraisons.

493. Pétigny (de) Histoire du Vendômois. Vendôme, Lemercier, 1882, gr. in-8, broch.

494. Pidansat de Mairobert et autres. L'espion anglais. Londres, John Adamson, 1782, 10 vol. in-12, demi-rel.

495. Ragueneau de la Chesnaye. La chronique indiscrète. Paris, Lelong, 1818, 2 vol. in-12, cart.

496. Regnault (Elias). Histoire de huit ans. Paris, Pagnerre, 1851, 3 vol. in-8, fig. broch.

497. Rochambeau (de). La monographie de Thoré. Paris, Dumoulin, 1866, gr. in-8, grav. broch. Envoi signé. — 4 brochures relatives à l'histoire du Vendômois.

498. Roux de Rochelle. Fernand Cortès, poème. Paris, F. Didot, 1838, in-8, broch.

499. Saint-Martin (l'abbé de). Les établissements de Saint-Louis. Paris, Nyon l'aîné, 1786, in-18, rel. v.

500. Saint-Prosper. L'observateur au XIXe siècle. Paris, Guérin, 1832, 3 vol. in-8, broch.

501. Salies (de). Monographie de Trôo. Mamers, Fleury, 1878, 2 fascicules. — Histoire de Foulques-Nerra. Paris, 1874, in-12, avec autographe. — L'Allemagne au pas de course, par de Landes. Vendôme, autog. Partois, 1863.

502. Satyre Ménippée, édition de Ch. Nodier. Paris, Delangle, 1824, 2 vol. in-8, demi-rel., portrait de Passerat ajouté.

503. Saussaye (de la). Histoire de Blois. Paris, Dumoulin, 1846, in-18, broch. — Blois et ses environs. Blois, 1862, in-18, nomb. fig., demi-rel.

504. Simon (l'abbé) Histoire de Vendôme et de ses environs. Vendôme, Henrion, 1834, 3 vol. in-8, broch.

505. Tallement des Réaux. Historiettes, revues par Montmer-

qué et Paulin Paris. Paris, Téchener, 1862, 6 vol. in-18, demi-rel.

506. **Ternisien d'Haudricourt**. Fastes de la nation française. Paris, Decrouan, s. d., 3 vol. in-4, contenant env. 200 pl., demi-rel., chag. rouge, tr. dor.

507. Théis (de). Voyage de Polyclète. Paris, Maradan, 1821, 3 vol. in-8, rel. v.

508. Thiers. Histoire de la révolution française. Paris, Lecointe, 1834, 10 vol. in-8, cart.

509. Touraine. Les miracles de madame sainte Katherine de Fierboys, publiés par l'abbé Bourrassé. Tours, Mame, 1858, in-8, demi-rel., coins, pap. v.

510. Touraine. 3 vol. in-12, broch. — Études historiques sur le départ. d'Indre-et-Loire, par de Croy, 1838. — Chinon et Agnès Sorel, par A. Cohen, 1846. — Souvenirs de la Révolution dans le départ. d'Indre-et-Loire, par Carré de Busserole.

511. Un million de faits, aide-mémoire universel. Paris, Dubochet, 1842, in-8, cart.

512. Uzanne (Octave). Documents sur les mœurs du XVIII° siècle. — Chronique scandaleuse. — Anecdotes sur la comtesse du Barry. — La gazette de Cythère. — Les mœurs secrètes du XVIII° siècle. Paris, Quantin, 1879-1883, 4 vol. gr. in-8, fig., broch.

513. Vallet de Viriville. Histoire de Charles VII. Paris, veuve Renouard, 1862, 3 vol. broch. — Charles VII et ses conseillers, 1859. — Les États généraux sous Charles VII, par Antoine Thomas.

514. Vallerange (Prosper). Le clergé, la bourgeoisie, le peuple. Beauce et Perche. Paris, Passard, 1861, in-8, broch.

515. Vasseur (Charles). De Normandie en Nivernais. Caen, Leblanc-Hardel, 1868, in-8, broch.

516. Vaulabelle. Histoire de deux restaurations. Paris, Perrotin, 1847-1854, 7 vol. in-8, broch.

517. Vendôme. Cinq discours prononcés à Vendôme aux distributions de prix, par : G. Rigollot, de Sonnier, Bozérian, Dufay. — Les fêtes de Vendôme, à propos de l'inauguration de la statue de Ronsard. 1872, in-8.

518. Virmaitre. Curiosités de Paris. Paris, Lebigre, 1868, in-18, broch. — L'hôtel Carnavalet, par Verdot. Paris, Aubry, 1865.

Histoire littéraire. — Bibliographie

519. Bachaumont. Mémoires secrets pour servir à l'histoire de la république des lettres. Londres, J. Adamson, 1777, 36 vol. in-12, v.

On a ajouté une table manuscrite formant un 37me vol.

520. Bachaumont. Mémoires (extraits par Merle). Paris. Colin, 1809, 3 vol. in-8, cart.

521. Barbier (Alex.). Dictionnaire des ouvrages anonymes et pseudonymes. Paris, 1806, 2 vol. in-8, cart.

522. Beauchamps (de). Guide du libraire antiquaire et du bibliophile. Paris, 1882, 6 liv. in-8, pl. en couleur.

523. Bibliophile (analectes du) pub. sous la direction de Jules Gay. Turin, J. Gay, 1876, 3 vol. in-16, broch.

524. Bibliophile français (le). Paris, Bachelin, 1867-1873, 7 vol. gr. in-8, demi-rel., n. rog.

525. Brunet (Gustave). Imprimeurs imaginaires. Paris, Tross. 1866, in-8, broch.

526. **Brunet** (Charles). Manuel du libraire. Paris, F. Didot, 1860-1865, 6 vol. in-8, demi-rel., chag. bl. avec coins. — Supplément par Deschamps et G. Brunet. Paris, F. Didot, 1878, 2 vol. demi-rel., coins, en tout, 8 vol.

527. Bulau (Frédéric). Personnages énigmatiques, traduc. de Duckett. Paris, Poulet-Malassis, 1861, 3 vol. in-12, broch.

528. Bulletin du bouquiniste, 1857 et suivants, 53 vol. in-8, broch.

529. Catalogues des expositions du Cercle de la librairie. Paris, 1880-1886, 2 vol. in-8 et in-4, cart.

530. Catalogues de bibliothèques vendues aux enchères. Armand Bertin, Benzon, Lever, Auvillain, Morante, Desq, Cigongne, Yémenitz, Grésy, Taschereau et autres.

531. Chéreau (A.). S'ensuit le catalogue d'un marchand libraire du xve siècle, tenant boutique à Tours. Paris, Jouaust, 1868, in-12, broch.

532. Connaissances nécessaires à un bibliophile. Paris, Rouveyre, 1878, in-12, broch.

533. Delepierre (Octave). Macaronéana. Brigthon, Gancia, 1852, in-8, broch.

534. Heilly (G. d'). Dictionnaire des pseudonymes. — Les fils de leurs œuvres. Paris, 1868, 2 vol. in-12, broch.

535. Drujon (F.). Catalogue des écrits et dessins poursuivis, supprimés et condamnés, du 21 oct. 1814 au 31 juillet 1877. Paris, Rouveyre, 1879, gr. in-8, broch.

536. Duvau (A.). Une petite épave d'un grand poète. Vendôme, C. Launay, 1883, plaquette in-8.

537. Éditions originales des romantiques, poètes et prosateurs. Paris, Rouveyre, 1886, 2 fascicules in-8, broch.

538. Fantaisiste (le), magazine bibliographique, littéraire, philosophique et artistique. San-Remo, Gay, 1er août 1873, in-8, broch.

539. Feugère (Léon). Essai sur la vie et les ouvrages d'Henri Estienne, suivi d'une étude sur Scévole de Ste-Marthe. Paris, Delalain, 1853, pet. in-8, broch.

540. Fontaine de Resbecq (de). Voyages littéraires sur les quais de Paris. Paris, Furne, 1864, in-12, broch.

541. Fournier. Nouveau dictionnaire portatif de bibliographie. Paris, Fournier, 1809, in-8, demi-rel.

542. Jacob (bibliophile). Catalogue de l'abbaye de Saint-Victor. Paris, Téchener, 1862. — Les amateurs de vieux livres. 1880, 2 vol. gr. in-8, broch.

543. Janin (Jules). Le livre. Paris, Plon, 1870, in-8, broch.

544. Joliet (Charles). Les pseudonymes du jour. Paris, Faure, 1867, in-8, broch.

545. Lacour (Louis). Annuaire historique, anecdotique et critique du bibliophile. Paris, Meugnot et Claudin, 1860-1863, 4 vol. in-12.

546. Lalanne et Bordier. Dictionnaire des pièces autographes volées aux bibliothèques publiques de la France. Paris, Panckouke, 1851, in-8, demi-rel.

547. Leber. De l'état réel de la presse et des pamphlets depuis François Ier jusqu'à Louis XIV. — Plaisantes recherches d'un homme grave sur un farceur. Paris, Téchener, 1834-1856, 2 vol. demi-rel. et broch.

543. **Le livre.** — Revue du monde littéraire, archives des écrits de ce temps. Octave Uzanne, rédacteur en chef. Paris, Quantin, 1880-1887, 16 vol. gr. in-8, pl. grav., broch., année 1887, en livr.

549. Manne (de). Nouveau recueil d'ouvrages anonymes et pseudonymes. Paris, Gidé, 1834, in-8, cart.

550. Ménégault. Martyrologe littéraire. Paris, G. Mathiot, 1816, in-8, demi-rel. n. rog.

551. Meray (Antony). Bibliographie des chansons et fabliaux de la collect. Viollet-le-duc. Paris, A. Claudin, 1859, in-8, demi-rel.

552. Miscellanées bibliographiques, publiées par E. Rouveyre. Paris, Rouveyre, 1878-1880, 3 vol. in-8, broch.

553. Nodier (Charles). Du plagiat, de la supposition d'auteurs, des supercheries qui ont rapport aux livres, 2e édition, avec un article de Cassagnac sur le plagiat dans la littérature dramatique du XVIIe siècle. Paris, Crapelet, 1822, in-8, cart.

554. Nodier (Charles). Opuscules tirés du bulletin du bibliophile. Paris, Téchener, 1834-1835, en 1 vol. gr. in-8, demi-rel., coins, n. rog. (De la liberté de la presse avant Louis XIV, à propos du livre : Le tigre de la France. — De quelques livres satyriques et de leurs clefs. 2 parties. — Des matériaux dont Rabelais s'est servi pour la composition de

son ouvrage. — Des auteurs du XVIIᵉ siècle qu'il convient de réimprimer. — Des annales de l'imprimerie des Aldes. — Des artifices que certains auteurs ont employé pour déguiser leurs noms. — Echantillons curieux de statistique. — Comment les patois furent détruits en France. — De la maçonnerie et des bibliothèques spéciales, 2 parties).

555. Nodier (Charles). Mélanges et nouveaux mélanges tirés d'une petite bibliothèque. Paris, Crapelet, 1829, Téchener, 1844, 2 vol. in-8, demi-rel. avec coins.

556. Osmont. Dictionnaire typographique, historique et critique des livres rares. Paris, Lacombe, 1768, 2 vol. in-8, rel.

557. Œttinger (E.-M.) Bibliographie biographique universelle. Paris, Lacroix et Daffis, 1866, 2 vol. in-4, broch.

558. Peignot (Gabriel). Manuel du bibliophile ou traité du choix des livres. Dijon, Lagier, 1823, 2 vol. in-8, demi-rel. avec coins.

559. Peignot (Gabriel). Essai historique sur la liberté d'écrire chez les anciens et au moyen-âge; sur la liberté de la presse depuis le XVᵉ siècle, etc. Paris, Crapelet, 1832, port. ajouté. — Opuscules. Paris, Téchener, 1863, 2 vol. in-8, demi-rel. n. rog.; le dernier, broch.

560. Petit-Radel. Recherches sur les bibliothèques. Paris, Rey et Gravier, 1819, in-8, demi-rel.

561. Quérard. Supercheries littéraires. — Barbier. Dictionnaire des ouvrages anonymes. Paris Daffis, 1869-1878, 7 vol. in-8, broch. en 4 parties.

562. Quérard. Le Quérard, 1855-1856, 2 vol. in-8, demi-rel., tr. jaspées. — Les Supercheries, 1865, fascicule broch.

563. Questions curieuses, par deux bibliophiles. Bar-sur-Aube, Lebois et Morel, 1879, in-12, broch.

564. Renouard (A.-A.). Annales de l'imprimerie des Estienne. Paris, Renouard, in-8, demi-rel.
Interfolié de papier blanc.

565. Sardou. Nouveau dictionnaire des synonymes français. Paris, Delagrave, 1866, in-18, broch.

566. Vapereau. L'année littéraire et dramatique. 1858-1868. Paris, Hachette, 11 vol. in-18, broch.

567. Werdet (Edmond). Histoire du livre depuis les temps les plus reculés, jusqu'en 1789. — De la librairie française, son passé, son présent, son avenir. Paris, Dentu, 1860-1864, 6 vol. in-18, broch.

BIOGRAPHIE

568. Arnault, Jay, Jouy, Norvins. Dictionnaire des contemporains. Paris, 1820-1825, 20 vol. in-8, port., broch.

569. **Biographie** (nouvelle) générale publiée sous la direction du docteur Hœfer. Paris, Didot, 1853-1870, 46 vol. in-8, demi-rel., chag. vert, n. rog.

Exemplaire interfolié de papier blanc, avec notes manuscrites ajoutées.

570. Bitard. Dictionnaire de biographie contemporaine. Paris, Léon Vanier, 1880, gr. in-8, cart.

570 *bis*. Bozérian. Pierre de Ronsard. Vendôme, Devaure-Henrion, 1863, in-8, avec port. broch.

571. Chaudon et Delandine. Dictionnaire historique. Lyon, Bruyset, 1804, 13 vol. in-8, rel. v.

572. Dantès. Tables biographiques et bibliographiques des sciences, des lettres et des arts. Paris, Delaroque, 1866, in-8, demi-rel.

573. Diogène-Laerce. Vies des philosophes de l'antiquité, traduites (par Schneider). Amsterdam, Schneider, 1758, 3 vol. in-8, avec port., rel. v.

574. Graffigny (Mad. de). Vie privée de Voltaire et de Mad. du Châtelet. Paris, Treuttel et Wurtz, 1820, in-8, rel. de Simier. — Voltaire au collège. Paris, Amyot, 1867, in-8, broch.

575. Hennequin. Biographie des marins célèbres. Paris, Regnault, 1835, 3 vol. gr. in-8, avec port., demi-rel.

576. Jal. Dictionnaire critique de biographie et d'histoire. Paris, Plon, 1867, gr. in-8, demi-rel. avec coins.

577. Méritens (de). *(Hortense Allard)*. Les enchantements de Prudence (autobiographie). Paris, Michel Lévy, 1873, in-18, broch.

A ce numéro seront joints des autographes de l'auteur et une correspondance échangée avec quelques littérateurs du temps.

578. Musset-Pathay. Histoire de la vie et des ouvrages de J.-J. Rousseau. Paris, Pélissier, 1821, 2 vol. in-8, rel. par Simier.

579. Nicolardot (Louis). Études sur les grands hommes. Paris, Dentu, 1851, in-18, broch.

580. Plutarque. Hommes illustres, trad. de Ricard. Paris, Lefebvre, 1838, 3 vol. in-8, demi-rel.

581. Requier. Vie de Peiresc. Paris, Musier, 1770, in-18, rel. v.

582. Vapereau. Dictionnaire des contemporains, avec supplément. Paris, Hachette, 1865, 3 vol. in-8, demi-rel. n rog.

Exemplaire interfolié de papier blanc avec notes manuscrites.

583. Vapereau. Dictionnaire des contemporains. Paris, Hachette, 1880, 2 vol. in-8, demi-rel.

584. Wadington (Charles). Ramus. Paris, Meyrueis, 1855, in-8, broch.

COLLECTIONS ET REVUES

585. Almanach du magasin pittoresque, 1851-1883, collection complète, 6 vol., demi-rel. et 3 années broch.

586. Bulletin de la société archéologique du Vendômois. Vendôme, Lemercier, 1862-1886, 24 vol. in-8, en livraisons.

587. **Bibliothèque gauloise.** Paris, Delahaye, 1858-1859, 21 vol. in-12, pap. vergé, cart. n. rog.

> Cette collection comprend les ouvrages suivants : Basselin, Vaux de Vire, — Des Periers, Le Cymbalum mundi, — Brantôme, Dames galantes, — Bussy Rabutin, histoire amoureuse des Gaules, — Cousinot, chronique de la Pucelle, — Cyrano de Bergerac, Œuvres comiques, — d'Assoucy, aventures burlesques, — Desportes, œuvres poétiques, — La Fontaine, contes, — Régnier, œuvres, — Scarron, le virgile travesti, — Leroux de Lincy, livre des proverbes, — Tabarin, œuvres, — Paris ridicule et burlesque, — Les cent nouvelles nouvelles, — L'heptameron, — Merlin Coccaie, — Histoire comique de Francion. — Recueil de farces.

588. Curiosités. 24 vol. in-12, demi-rel., dont 1 broch. (Théologiques, judiciaires, philologiques, artistiques, théâtrales, croyances populaires, de l'histoire de France, du vieux Paris, de l'archéologie, littéraires, anecdotiques, des traditions, militaires, économiques, historiques, des inventions, biographiques et bibliographiques, etc.

589. **Bibliothèque elzévirienne.** Collection complète. Paris, Jannet, Frank, Wiweg, Daffis, 1854-1879, 164 vol. in-16, cart., percal. rouge, n. rog.

> Importante collection composée des meilleurs auteurs anciens, parmi lesquels nous citerons : Melin de Saint-Gelays, La Fontaine, Rutebœuf, Noël du Fail, Rabelais, Corneille, Ronsard, Rémy Belleau, Brantôme, d'Aubigné, Scarron, Michel de Marolles, La Tour Landry, etc., etc.

590. Gazette anecdotique, littéraire et artistique. Paris, Jouaust, 1876-1886, 22 vol., pet. in-8, broch.

591. Revue anecdotique, nouvelle série, t. 1 à 4, 4 vol. in-8, broch.

592. Revue nouvelle. Paris, Décembre 1863 à mai 1864, 10 n^{os}, tout ce qui a paru.

593. Revue rétrospective, recueil de pièces intéressantes et de citations diverses. Paris, Lepin, 1885-1887, 5 vol. pet. in-8, pap. vergé, broch., l'année courante en livraisons.

594. Revue de France, de janvier 1871 à octobre; 1 vol. in-4, d'octobre 1871 à août 1878, 102 livraisons in-8.

595. Journal pour rire, contenant des images comiques et satyriques sur les hommes du jour. Paris, 1848, 49, 50 et 51, en 3 vol. gr. in-fol., demi-rel., bas. v.

596. La Lune. Journal satyrique, 1865-67, en 1 vol. gr. in-fol.,
cart.

597. L'Éclipse. Dessin par P. Gill, 1865 à 1872, en 5 vol. gr.
in-fol., cart.

Vendôme. — Imp. Laumy.

RED. :

17

MIRE ISO N° 1
NF Z 43-007
AFNOR
Cedex 7 - 92080 PARIS-LA-DÉFENSE

graphicom

BIBLIOTHEQUE NATIONALE DE FRANCE

****

CHATEAU DE SABLE

1996